Hō Liāng-hi kap lán ê Tâi-oân gín-á.

特別感謝
董事長與我的家人
林嘉智 aka 老猴　林文泰　莊雅惠
Andy Baker　王秉誠　王信夫　王庭碩　王庭瀬　吳佳彥　李政璋　李學主
林　北　林育秀　林宗儒　林哲安　胡芳碩　范綱燊　陳玉姍　陳威仲
陳　筠　曾鈺芳　楊平世　楊恩誠　萬俊明　趙浩宇　廖朝盛　劉威廷
蔡賢良　駱昆遠　盧勇仁　鍾咏慶　謝宗叡　蕭筱臻　簡筠柔
小馬租車台北文山門市　牛伯伯蝴蝶園　玉成戲院錄音室
田縈埤塘谷津田　新南田董米　激進工作室　螞蟻帝國
Chok 感心逐个 ê sio-thīn，Ló-la̍t
（以筆畫順序排列）

台灣動物來唱歌

Tâi-oân Tōng-bu̍t Lâi Chhiò-koa

文、影：周俊廷
詞：周定邦
曲：鍾尚軒
圖：莊榮州

找回台灣動物的台語名

國立臺灣大學名譽教授 楊平世

一輩子從事教學、研究及寫作,對於台灣動植物的「台語名」尤其注意,可是令人失望的是這些動植物有中文、拉丁文學名,但未必有個屬於自己的「台語名」。

得知周俊廷先生企劃第一本台語生態童謠影音繪本,不但為台灣的動植物給了「台語名」,也為這些動物植物創作歌謠,令人感動!而插畫和美術設計莊棨州還是我的碩士班畢業的學生!希望這本以里山倡議精神為主軸的「森、川、里、海」代表動植物的兒童繪本,能成為校園、家庭受大小朋友們歡迎的台語課外讀物。

同時也肯定在出版業不景氣的年代,竟然還有一群人不畏艱難,持續為台灣本土的動植物和生態影音繪本努力。

楊平世

Hō 下一勻
台語囡仔
有影 ê 自然聲

台灣文學獎台語散文金典獎得主　王昭華

蝹蜅蠐、七星蚼仔、倒退牛、田螺、山貓、狗蟻、碰鏗仔、迷人 ê 紅樹林內 ê 生物，咱有看過幾種？台語名 kám lóng 叫ē出來？

咱台灣，有山有海，是自然生態非常豐富 ê 寶島。Ḿ-ku，咱 káⁿ-ná lóng m̄-bat 寶，逐工活 tī 人造物 ê 內圍仔，學校教咱 ê 語言，是 beh ài kah 人輸贏 --ê。大人、囡仔一路 khòk-khòk 趕、khòk-khòk tòe，m̄-chai 日子 kám 有 khah 快樂？

《台灣動物來唱歌》，歌詞逐條 lóng 正台灣味，曲編甲真活跳，圖畫了古錐，koh 有自然生態 ê 影像，正港優質 ê 第一本台語生態童謠影音繪本。對台語 kah 大自然 ná 來 ná 生疏 ê 少年父母，mā thang 對 chia 來 phah 開目睭、耳仔，kah（kà）囡仔重新來 bat 寶。

和孩子一起
講台語、唱童謠
讀台語、識生態

農村武裝青年　主唱　阿達

這次非常榮幸受俊廷之邀，為《台灣動物來唱歌》錄唱【Kit-le】跟【田嬰】這兩首歌。對一個從小唱念台語童謠長大的我來說，能夠在自己的土地上用自己的母語唱童謠，且唱著描寫著這塊土地的自然生態，這是多麼幸福而貼切的事情。當我們憂慮著台語滅絕、囡仔不會講台語的同時，有很多人開始從孩子的教育著手，為他們創造台語的生活環境，也提供新手爸媽更多母語教材的選擇。

這是一套適合全家大小一起聆聽、觀賞、唱念的影音繪本，裡面的歌詞所使用的台語詞彙，很多是連大人都已忘記或值得學習的用詞，趁這時候大人們趕快惡補，也讓孩子在自然而然的情境中唱唸台語童謠。今年六月我的孩子也即將來到這個世界，我們計畫給他一個以台語為主體的成長環境，這套《台灣動物來唱歌》將成為他出生的第一份禮物。讓我們一起和孩子講台語、唱童謠、讀台語、識生態。

阿達

作者序

周俊廷

台灣社會 tī chit 幾冬開始 tì-tiōng 母語教育，m̄-koh 有 khan-khảp ê 教材 kap thang 看 kiau 聽 ê 素材，sio-siāng chok khiàm-khoeh。市面上 ê 母語創作，lóng 是文學作品 ah-sī 語言教學 ê khah chē，chhun--ê ê 內容 tian-tò khah chió，m̄-chiah gún phah 算來製作頭一本台語生態囡仔歌 ê 影音繪本，引 chhōa 囡仔兄姊 ùi 學習 chia--ê 蟲 thōa 動物 ê 趣味童謠、生態畫圖開始，chiah-koh 用台灣 ê 語言介紹自然生態，呈現母語 ê 文化內涵 hām i sim-sek ê 所在。

Lán chit 本冊 kō 台灣原生動植物 kap 自然環境落去深想，學人里山倡議 ê 精神，kā 主軸分做森林、河川、淺山、淺海四大主題，lóng 總 8 款台灣原生動植物 ê 生態，創作全新 ê 台語囡仔歌，koh 配合歌謠內容做 chiàⁿ 囡仔繪本，kiau 歌謠主題 ê 自然生態實際錄影 ê 影片。

Tùi 深海 kàu 深山中央，Hơ-lú-mó-sah 台灣 chit tè 島嶼，養 chhī 真 chē 人類 kap 自然萬物，lán ē-sái 講 lóng 是島嶼 ê 囝兒序細，chia 濃縮海洋 kàu koân 山、熱帶 kàu 寒帶 ê 生態環境，tō tī lán ê 身軀邊，hoān-sè 是久 --ah lán 無 kā tì-ì 變做生份 ah。生物 hām 環境、語言 kiau 文化，lóng tī lán ê 身軀邊，lán nā 失覺察無看 tioh，tảuh-tảuh-á tioh ē kā in 放 bē 記，慢慢 á in tioh ē 消失。

Lán ǹg 望用 tảk 款方式 ê 創作，hō 囡仔兄姊借唱歌、烏白 chhut ê 時 iā 落 in ê 想像力，hō 大漢朋友借 chia ê 影片 koh-chài siàu 念細漢 ê 時 kap chia-ê 小動物 ê 朋友情，chhōe tńg 來對性命 kap 文化 ê 趣味 hām 熱情。

Tī chia 我 beh 借 chit-ê 機會感謝我 ê 牽手，支持我做生態、做台語，kap 我 tâng-chê 推廣母語，saⁿ-kap 堅持 hō 囡仔全台語 ê 生活環境；感謝我 ê 父母，阿邦 hām 阿敏，in 自我細漢到 taⁿ，lóng chok 支持我做家己理想 kap 興趣 ê tāi-chì，雖 bóng 無 thang gōa 好討 thàn，m̄-koh mā bē hō 我 siuⁿ 大 ê 壓力，甚至 koh ē tàu sio-thīn；感謝我 ê 丈人 kap 丈姆，阿民 kap 阿玉，有恁 tī kha-chiah 後 tàu-saⁿ-kāng 照顧囡仔、hō 伊十足 ê 母語環境，阮 chiah ē-tàng chù 心做 chia--ê tāi-chì；感謝阮 ê 小弟小妹，恁各式各樣 ê 才情，hō 咱 ē-tàng 做伙 sńg chiah-nih 有意義 ê tāi-chì，多謝恁 sio 放伴，咱 tàu-tīn kā 台灣加油！Lòh 尾 beh 感謝阮 tau ê 董事長，chit 本冊是 beh 送你 ê，阮逐个 lóng 愛你！

學母語、bat 生態，lán ē-tàng 做伙來，m̄ 免 tō 一定 ài 分開。Ǹg 望 tảk-ê 做伙用 lán ê 語言，來了解 lán ê 土地。

森林

Som-lîm

森林

Tī 台灣 tsit tè 細細 tè ê 島嶼頂面，uì 海墘 kàu 山頂，有六 siⁿ ê 所在 lóng 是 hō 樹林 khàm--leh，tuì 熱帶 ê 雨林 kàu 寒帶 ê 針葉林，tī tsia lóng 看 ē tiȯh。Ⅿ̄-koh 有真 tsē 人 ē 感覺樹林 ká-ná 有淡薄 á 神秘，甚至恐怖，入去樹林 bē-su beh 入去另外 tsit-ê 世界 kāng 款。Put-lî-kò lán nā 是有夠 tsim-tsiok，kiâⁿ 過樹林試看 māi，lán tō ē 發現樹林 hō--lán ê 感官刺激，phīng 都市 --lìn ê koh-khah 精彩。

樹林 mā 是 tsok tsē 動物 ê 大厝，uì 土底 kàu 樹頂，lóng 有無 kāng 款 ê 厝腳 tuà tī hin，taȯh-ê 出來活動 ê 時間 mā 無 siang，有 ê 透早 tiȯh 出門，mā 有人是暗光鳥，tshìn-tshái sáⁿ-mih 時陣入去樹林 lāi-té，lóng 有機會看 tiȯh in，koh 有 tī hia khiā 幾 nā 年 ê 大樹公，mā ē-sái kā i 摸看 māi，講話 hō i 聽。

Som-lîm

Tī Tâi-oân chit tè sè-sè tè ê tó-sū téng-bīn, ùi hái-kîⁿ kàu soaⁿ-téng, ū lȧk-siâⁿ ê só-chāi lóng-sī hō chhiū-nâ khàm--leh, tùi jiȧt-tài ê ú-lîm kàu hân-tài ê chiam-hiȯh-nâ, tī chia lóng khòaⁿ ē tiȯh. Ⅿ̄-koh ū chin chē lâng ē kám-kak chhiū-nâ ū tām-pȯh-á sîn-pì, sīm-chì khióng-pò͘, jip-khì chhiū-nâ bē-su beh jip-khì lēng-gōa chit-ê sè-kài kāng-khoán. Put-lî-kò lán nā-sī ū-kàu chim-chiok, kiâⁿ-kòe chhiū-nâ chhì-khòaⁿ-māi, lán tō ē hoat-hiān chhiū-nâ hō--lán ê kám-koan chhì-kek, phēng tơ-chhī--lín-ê koh-khah cheng-chhái.

Chhiū-nâ mā-sī chok chē tōng-bȯt ê tōa-chhù, ùi thô͘-té kàu chhiū-téng, lóng-ú bô-kāng-khoán ê chhù-kha tòa tī hin, taȯh-ê chhut-lâi oȧh-tāng ê sî-kan mā bô-siang, ū ê thàu-chá tiȯh chhut-mn̂g, mā ū-lâng sī àm-kong-chiáu, chhìn-chhái sáⁿ-mih sî-chūn jip-khì chhiū-nâ lāi-té, lóng-ú ki-hōe khòaⁿ-tiȯh in, koh-ū tī hia khiā kúi-nā-nî ê tōa-chhiū-kong, mā ē-sái kā i bong khòaⁿ-māi, kóng-ōe hō i thiaⁿ.

Kit-le

Kit-le，kit-le，蝹蜅蠐，

細漢蹛土底，

大漢歇樹椏，

阮是媽投紳士組，

穿烏衫，疊烏褲，

Jián 絲仔，做翼股，

一 kâiⁿ tsím，掛腹肚，

熱天到，叫規晡，

叫卜娶婧某，

叫甲目睭吐吐吐。

Kit-le, kit-le, ám-pơ-chê,

Sè-hàn tòa thô-té,

Tōa-hàn hioh chhiū-oe,

Goán sī ian-tâu sin-sū chơ,

Chhēng ơ-saⁿ, thah ơ-khờ,

Jián si-á, chò sit-kớ,

Chit kâiⁿ chím, kòa pak-tó,

Joah-thiⁿ kàu, kiò kui pơ,

Kiò beh chhōa súi-bớ,

Kiò kah bak-chiu thớ-thớ-thớ.

註解：
1. kit-le：蟬。
2. jián：買（布）。
3. kâiⁿ：個。
4. chím：發聲器。

七星蚼仔

Chhit-chheⁿ-ku-á

蚼蠅膨皮圓輾輾，

身軀重頭輕，

吸樹奶，蓋頂真，

放蜜露予狗蟻承，

狗蟻歡喜捙拋輦，

兩人換帖做至親。

腹肚枵，擋袂牢，

七星蚼仔頭目巧，

卜掠蚼蠅來治枵，

狗蟻看著走掛跳，

激力頭，使手曲，

七星蚼仔緊閬蹽。

Ku-sîn phòng-phôe îⁿ-lin-lin,

Sin-khu tāng-thâu-khin,

Suh chhiū-lin, kài téng-chin,

Pàng bit-lō hō káu-hiā sîn,

Káu-hiā hoaⁿ-hí chhia-pha-lin,

Nn̄g lâng ōaⁿ-thiap chò chì-chhin.

Pak-tó͘ iau, tòng bē tiâu,

Chhit-chheⁿ-ku-á thâu-ba̍k-khiáu,

Beh lia̍h ku-sîn lâi tī-iau,

Káu-hiā khòaⁿ--tio̍h cháu kòa thiàu,

Kek la̍t-thâu, sái chhiú-khiau,

Chhit-chheⁿ-ku-á kín làng-liâu.

註解：
1. chhia-pha-lin：翻筋斗。
2. làng-liâu：逃走。

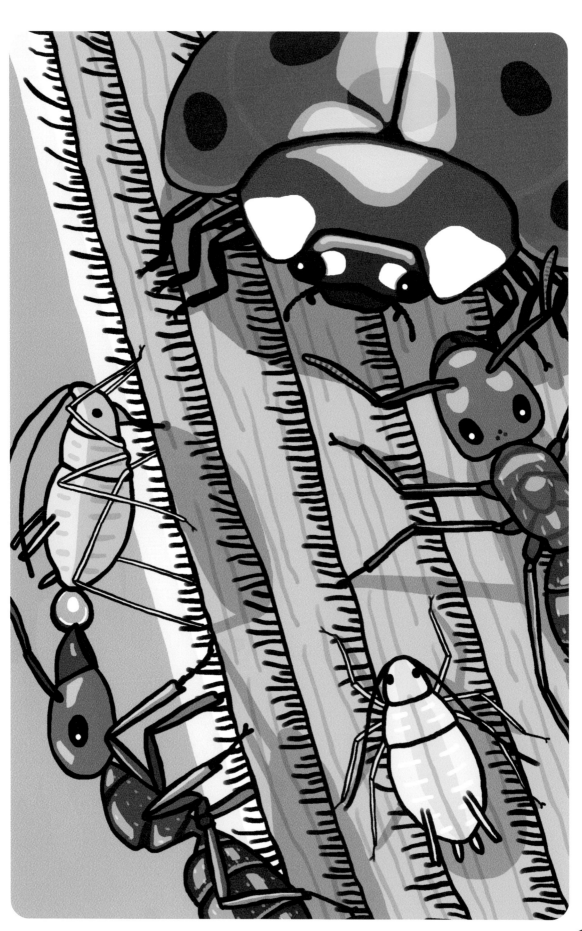

河川

Hô-chhoan

河川

Lán 台灣 ê 山真 tsē koh 真 kuân，lȯh tī 山頂 ê 雨水 nā beh 流去 kàu 大海，tiȯh ē kā 土地割做一條一條 ê 溪河，m̄-koh 台灣無曠 闊 ê 土地 thang kā 雨水 kâm--leh，致使大部分 ê 溪河 lóng 是短 koh tshuah 流，siú~ siú~ siú~ 真緊 tō 流入去大海 --lìn，koh 氣 候 ê kan-gāi，tī ta-sò ê 季節，有 kuá 溪河 lóng ē ta 去，hőng 看 tiȯh 港底地，só-pái tsiáⁿ 水是 lán 台灣 tsok-tsiáⁿ 珍貴 ê 天然 資源。

有真 tsē 小動物 kah 意 hioh tī 水邊，無 kâng ê 水域 ē tuà 無 kâng 款 ê 居民，溪溝、河流、湖、埤潭，田園 ê 圳溝，lóng thìng-hó 看 tiȯh in ê 形影，有 ê uì 出世 kàu 大漢 lóng tuà tī 水 --lìn，有 ê 大漢 tō tī 水 ê 頂面生活，有 ê lóng khiā tī 水邊，m̄-koh in lóng ē 把握有水 ê 時 tsūn tī tsia 活動、討食 kap thuàⁿ-tsíng， in ê kiáⁿ mā ài 把握時間 kut-lȧt 食飯，khah 緊大漢。

Hô-chhoan

Lán Tâi-oân ê soaⁿ chin chē koh chin koân, lȯh tī soaⁿ-téng ê hō-chúi nā beh lâu khì kàu tōa-hái, tiȯh ē kā thó͘-tē koah-chò chı̍t tiâu chı̍t tiâu ê khe-hô, m̄-koh Tâi-oân bô khòng-khoah ê thó͘-tē thang kā hō-chúi kâm--leh, tì-sú tōa-pō͘-hūn ê khe-hô lóng-sī té koh chhoah-lâu, siú ~ siú ~ siú ~ chin kín tō lâu jı̍p-khì tōa-hái--lìn, koh khì-hāu ê kan-gāi, tī ta-sò ê kùi-chiat, ū kóa khe-hô lóng ē ta--khì, hőng khòaⁿ-tiȯh káng-té-tē, só-pái chiáⁿ-chúi sī lán Tâi-oân chok-chiáⁿ tin-kùi ê thian-jiân chu-goân.

Ū chin chē sió tōng-bȧt kah-ì hioh tī chúi-piⁿ, bô-kâng ê chúi-hȧk ē tòa bô-kâng-khoán ê ki-bîn, khe-kau, hô-liû, ô͘, pi-thâm, chhân-hn̂g ê chùn-kau, lóng thèng-hó khòaⁿ-tiȯh in ê hêng-iáⁿ, ū ê uì chhut-sì kàu tōa-hàn lóng tòa tī chúi--lìn, ū ê tōa-hàn tō tī chúi ê téng-bīn seng-oȧh, ū ê lóng khiā tī chúi-piⁿ, m̄-koh in lóng ē pá-ak ū chúi ê sî-chūn tī chia oȧh-tāng, thó-chiȧh kap thòaⁿ-chéng, in ê kiáⁿ mā ài pá-ak sî-kan kut-lȧt chiȧh-pn̄g, khah kín tōa-hàn.

倒退牛

頭殼一粒珠，
行路倒退攄，
起 hok-pah，展功夫，
人人叫伊工程師。

頭殼一粒珠，
行路倒退攄，
當狗蟻，掠蜘蛛，
逐日食甲飽嘟嘟。

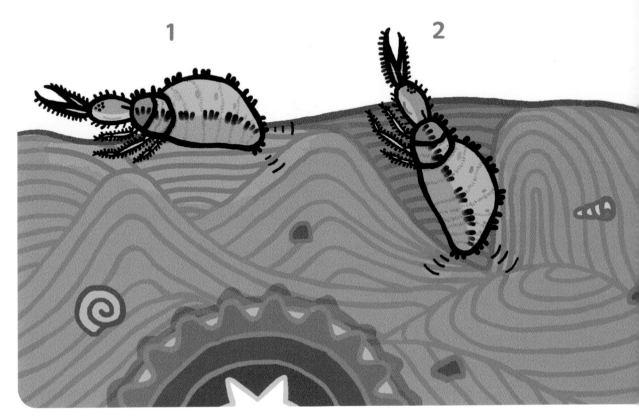

1

2

Tò-thè-gû

Thâu-khak chi̍t lia̍p chu,

Kiân lō tò-thè-lu,

Khí hok-pah, tián kang-hu,

Lâng-lâng kiò i kang-têng-su.

Thâu-khak chi̍t lia̍p chu,

Kiân lō tò-thè-lu,

Tng káu-hiā, lia̍h ti-tu,

Ta̍k-ji̍t chia̍h kah pá-tu-tu.

註解：
1. hok-pah：漏斗。
2. Tng：等待。

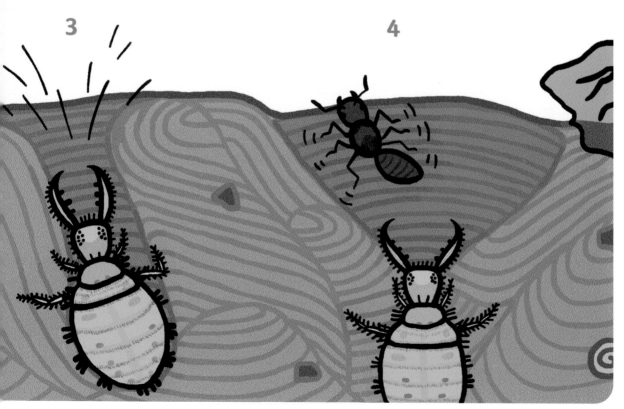

田嬰

田嬰囝，水乞食，
藏水沫，勢討掠，
牙槽頭，家私赤，
魚蝦拄著無地避。

轉大漢，會副風，
徛水邊，伊做王，
掠蠓蟲，極靈通，
身軀軟軟長瓏儳。

16

Chhân-ne

Chhân-ne kiáⁿ, chúi-khit-chiȧh,

Chhàng-chúi-bī, gâu thó-liȧh,

Gê-chô-thâu, ke-si chhiah,

Hî-hê tú--tiȯh bô tè phiah.

Tńg tōa-hàn, ē khau-hong,

Khiā chúi-piⁿ, i chò ông,

Liȧh báng-thâng, kȧk lêng-thong,

Sin-khu nńg-nńg tńg-lòng-sòng.

註解：
1. tńg-lòng-sòng：形容很長。

淺山

Chhián-soa^n

淺山

淺山 tiàm-tī 平洋 kap kuân 山 ê 中央，是 lán 真 khin-khó tō ē-tàng kàu-tè ê 中 kē 海拔 ê 所在，tsit-ê 海拔 khah-lím 8 百公尺 ê 所在，是 lán 人類高度開發 hām 原始自然環境 ê 過渡地帶，tī tsia 有真 tsē 人類農業活動 ê 影跡，tsiân-tsē 農村、田、茶園、果子園 kiau 牧場 lóng tī 淺山 ê 環境 --lìn；liàh-guā，koh 有 tsok-tsē 無 kâng 種類 ê 樹林、草埔、濕地 kap 溪流 kap-tsham tī 景觀 --lìn。

雖罔淺山 ê 面積無 guā 大，m̄-koh i 涵養 ê 水分 kāu、氣候燒 lō tiāⁿ-tiȯh、食物 mā kài 夠額，所致有 tsiân-tsē 野生生物 kíng tī tsia tuà 落來，生物 ê 種類 hām 數量 lóng 真 tsiâⁿ phong-phài，台灣有 beh-kah 一半 ê 保育類物種，tō tuà tī 淺山 ê 環境 --lìn。

Chhián-soaⁿ

Chhián-soaⁿ tiàm-tī pêⁿ-iûⁿ kap koân-soaⁿ ê tiong-ng, sī lán chin khin-khó tō ē-tàng kàu-tè ê tiong-kē hái-poȧt ê só-chāi, chit-ê hái-poȧt khah-lím peh-pah kong-chhioh ê só-chāi, sī lán jîn-lūi ko-tō khai-hoat hām goân-sú chū-jiân khoân-kéng ê kòe-tō tē-tài, tī chia ū chin chē jîn-lūi lông-giȧp oȧh-tāng ê iáⁿ-chiah, chiâⁿ-chē lông-chhoan, chhân, tê-hn̂g, kóe-chí-hn̂g kiau bȯk-tiûⁿ lóng tī chhián-soaⁿ ê khoân-kéng--lìn, liȧh-gōa, koh-ū chok-chē bô-kâng chióng-lūi ê chhiū-nâ, chháu-po͘, sip-tē kap khe-lâu kap-chham tī kéng-koan--lìn。

Sui-bóng chhián-soaⁿ ê bīn-chek bô-gōa-tōa, m̄-koh i hâm-ióng ê chúi-hun kāu, khì-hāu sio-lō tiāⁿ-tiȯh, sit-bȯt mā kài kàu-giȧh, só-tì ū chiâⁿ-chē iá-seng seng-bȯt kéng tī chia tòa--lȯh-lâi, seng-bȯt ê chióng-lūi hām sò-liōng lóng chin-chiâⁿ phong-phài, Tâi-oân ū beh-kah chit-pòaⁿ ê pó-iȯk-lūi bȯt-chéng, tō tòa tī chhián-soaⁿ ê khoân-kéng--lìn.

山貓

山貓勢跙樹，
落水真勢泅，
日時歇睏洞孔內，
暗時討掠目睭利，

常在家己蹛，
一人袂孤單，
山貓仔愛淺山，
放尿圈地盤。

Soaⁿ-niau

Soaⁿ-niau gâu peh chhiū,

Lòh chúi chin gâu siû,

Jit--sî hioh-khùn tōng-khang lāi,

Àm-sî thó-liàh bàk-chiu lāi,

Chhiâng-chāi ka-tī tòa,

Chit lâng bē kơ-toaⁿ,

Soaⁿ-niau-á ài chhián-soaⁿ,

Pàng-jiō khong tē-pôaⁿ.

狗蟻

Káu-hiā

狗蟻，狗蟻，
勢跙拆，
跙上壁，
跙去到厝瓦，
摔一下，
土腳凹一隙。

Káu-hiā，káu-hiā，
Gâu peh-thiah，
Peh chiūⁿ piah，
Peh khì kàu chhù-hiā，
Siak chit ē，
Thô-kha lap chit khiah。

註解：
1. peh-thiah：爬上爬下。

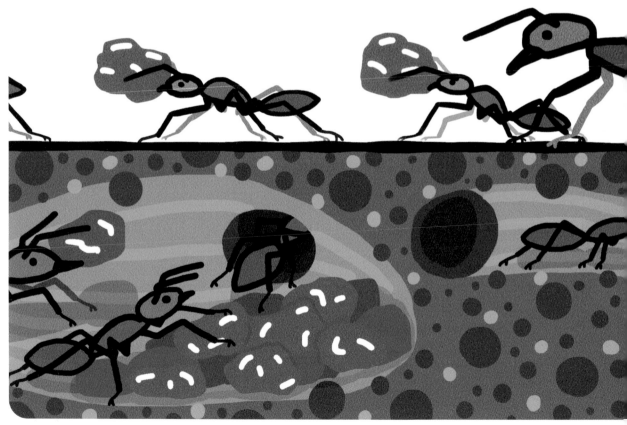

22

淺海

Chhián-hái

淺海

浸 tī 海水 --lìn ê 台灣，sì-khơ-liàn-tńg ê 海岸線 beh-uá 千二公里，nā kuà 澎湖算 --lueh，tō 有 beh-kah 千五公里 ê 海岸，hin lāi-té 有沙á海岸、岩石海岸、石卵海岸、ló古石海岸 kiau làm 地 tsia 無 kâng 底質 tsò-tsiâⁿ ê 海岸類型。因為日頭 kap 月娘引力 ê kan-gāi，大部分 ê 所在 tảk-kang ē 有 nňg páiⁿ tńg 流 kap nňg páiⁿ 退流，hō 海坪成做一个生態 kap 面貌變化萬千 ê 所在，tảk 時 lóng thìng-hó 看 tiỏh 無 sio-siāng ê 生態。

Tuà tī 海墘 ê 動物 kap 植物，lóng ài 有 nňg 步 tshit-á，ài ē-kham-tit 鹽 sīⁿ、ē-kham-tit 熱、ē-kham-tit 欠酸素、ē-kham-tit 失水，koh ài 抵抗海湧 ê phah-lòng，kā 家己黏 tiàm 石頭á頂 ảh-sī 生做 khah phāⁿ，ảh-sī ài ē-hiáng 鑽塗，ảh-sī bih tī 石頭á縫--lìn，甚至 ài ē-hiáng 兩棲活動，tuà 海墘有影無簡單。

Chhián-hái

Chìm tī hái-chúi--lìn ê Tâi-oân, sì-khơ-liàn-tńg ê hái-hōaⁿ-sòaⁿ beh-óa chheng-jī kong-lí, nā kòa Phêⁿ-ô sǹg--loeh, tō ū beh-kah chheng-gō kong-lí ê hái-hōaⁿ, hin lāi-té ū soa-á hái-hōaⁿ, gâm-chiỏh hái-hōaⁿ, chiỏh-nňg hái-hōaⁿ, ló-kó-chiỏh hái-hōaⁿ, kiau làm-tē chia bô-kâng té-chit chò-chiâⁿ ê hái-hōaⁿ lūi-hêng. In-ūi jit-thâu kap goẻh-niû ín-lẻk ê kan-gāi, tōa-pō-hūn ê só-chāi tảk-kang ē ū nňg páiⁿ tńg-lâu kap nňg páiⁿ thè-lâu, hō hái-phiâⁿ chiâⁿ-chò chit-ê seng-thài kap bīn-māu piàn-hòa bān-chhian ê só-chāi, tảk-sî lóng thèng-hó khòaⁿ-tiỏh bô sio-siāng ê seng-thài.

Tòa tī hái-kîⁿ ê tōng-bút kap sit-bút, lóng ài ū--ňg-pō-chhit-á, ài ē-kham-tit iâm sīⁿ, ē-kham-tit joảh, ē-kham-tit khiàm sng-sờ, ē-kham-tit sit-chúi, koh ài té-khòng hái-éng ê phah-lòng, kā ka-tī liâm tiàm chiỏh-thâu-á-téng ảh-sī seⁿ-chò khah phāⁿ, ảh-sī ài ē-hiáng chhng thô, ảh-sī bih tī chiỏh-thâu-á-phāng--lìn, sīm-chì ài ē-hiáng lióng-chhe oảh-tāng, tòa hái-kîⁿ ū-iáⁿ bô kán-tan.

紅樹林

水筆仔，海茄苳，
紅樹林，真迷人，
沙馬仔，上勢縱，
來無影，去無蹤。

海和尚，絞規黨，
鳥仔兄，毋敢捅，
大栱仙，舞拳頭，
顧地盤，上蓋勢。

Âng-chhiū-nâ

Chúi-pit-á, hái-ka-tang,

Âng-chhiū-nâ, chin bê-lâng,

Soa-bé-á, siōng-gâu chông,

Lâi bô iáⁿ, khì bô chong.

Hái-hôe-siūⁿ, ká kui tóng,

Chiáu-á-hiaⁿ, m̄-káⁿ thóng,

Tōa-kóng-sian, bú kûn-thâu,

Kờ tē-pôaⁿ, siōng-kài gâu.

註解：
1. thóng：啄。

碰鏗仔

碰鏗仔，碰鏗仔，真健丟，
身軀淌淌滑溜溜，
頭頂兩蕊大目晭，
魚翼做腳會跙樹，

蹕浦土，足自由，
拋輦斗，勢喝咻，
跳 làng-suh，輕功上溜瞅。

Khōng-khiang-á

Khōng-khiang-á, khōng-khiang-á, chin kiān-tiu,

Sin-khu siôⁿ-siôⁿ kut liu-liu,

Thâu-téng nn̄g lúi tōa bak-chiu,

Hî-sit chò kha ē peh chhiū,

Tòa làm-thô, chok chū-iû,

Pha-liàn-táu, gâu hoah-hiu,

Thiàu làng-suh,

khin-kang siōng liu-chhiu.

註解：
1. khōng-khiang-á：彈塗魚。
2. kiān-tiu：天真。
3. hî-sit：魚鰭。
4. pha-liàn-táu：翻筋斗。
5. liu-chhiu：機智敏捷。

蟬仔

台灣有 beh-kah 六十款蟬仔科 ê 蟲 thua，蟬仔聲 tióh 是公 --ê 腹肚下 hit kâiⁿ tsím leh 叫 ê，in ê 目的 lóng 是 beh siâⁿ 母 --ê 中意 --in。交尾了後，母 --ê ē kā 卵放 tī 樹皮 ê 縫 --lìn，蟬仔 kiáⁿ（若蟲）出世了 ē lak tī 土腳，鑽入去土 --lín suh 樹根 ê 汁。Khah 大漢 ê 蟬仔 kiáⁿ 驚 hőng thiah 食 lóh 腹，ē kíng tī 半暝天光進前鑽出來土腳，tshuân 辦羽化 tńg 大人。蟬仔 mā 叫做 kit-le、siân、siâm、ám-pơ-tsê…。

七星蚼仔

台灣有七千五百幾款 mú-sih（甲蟲）。Khah 早 ê 人便若 m̄-bat ê mú-sih lóng kā in 叫做蚼仔，內底有一款身軀圓圓，外殼紅 kòng-kòng ê mú-sih，伊上經典 ê 是頂 kuân 有七粒烏點，m̄-tsiah hőng 叫做七星蚼仔。七星蚼仔科有兩百四十 guā 款，有 ê 食菜，有 ê 食膦，七星蚼仔 tióh 是食膦 --ê ê 代表，蚼蠅是 in 上愛食 ê 獵物之一。

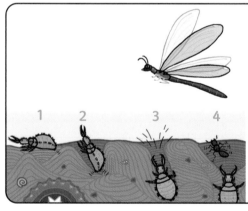

倒退牛

倒退牛 mā 叫做沙 ti 仔，In leh 起陷阱 ê 時，ē 用腹肚做犁，倒退攄鑽入去土沙粉仔內底 séh 圓箍仔，liáu，ná 振動身軀，ná 用頂顎 kā 沙仔 hiat 出去，沓沓仔成做一个陷阱，in ē bih tī 陷阱 ê 下底，tng hia 無 sè-jī puáh 落陷阱 ê 細隻蟲 thua。（1-2-3-4 是倒退牛起 hok-pah 做陷阱 ê 分解圖）。倒退牛大漢了後 ē 吐絲經繭變做蟲包，羽化後叫蟻蛉，sîng 田嬰，m̄-koh in 有兩支真長 ê 觸角，是空中討掠 ê 高手。

田嬰

田嬰 kap 秤仔、水田嬰 lóng 是 kâng 一个家族（蜻蛉目）ê 蟲 thua，tī 台灣大約有一百十七款田嬰，四十四款秤仔，in 目色好，愛食蠓蟲。In 細漢 ê 時 tsūn tuà tī 水 --lìn，kap 大漢 kâng 款 lóng 食肉 --ê，in ê 嘴有一个足長 ê 下唇，平常時仔像小鬼仔殼 kā 嘴包 leh，tsih-thiáp tī 頭 ê 下底，beh 討掠 ê 時 ē 彈射出去，伊 tsit-ê 動作 kài-sîng 伸手 beh káng 討，m̄-tsiah hőng 叫做水乞食。

山貓

山貓是台灣現此時唯一 ê 本土貓仔科動物，in ê 耳仔後有 tsit-tè 白斑，雙目 ê 內緣有兩條白 --ê 直 tsuā 花，身軀有 tsok-tsē ná 銀角仔 ê 烏斑，m̄-tsiah in mā hông 叫做錢貓 ah-sī 豹貓。In 是夜行動物，平常時仔食肉，bē 揀食。Khah 早 kui 台灣 lóng thìng-hó 看 tiòh in，目今 kui 个台灣 tshun khah 無五百隻。

狗蟻

狗蟻是社會性 ê 蟲 thuā，是母 --ê ê 蟻王 kap 工蟻組成 ê「母系社會」，每一個狗蟻岫 tshím 頭 lóng 是一隻蟻王起造 ê，in kā 第一代 ê 工蟻飼大漢了後，工蟻就替手做岫 --lìn ê 工課，展現分工 ê 行放，lán ē-sái kā 一个狗蟻岫當做一个大 bong ê 個體，岫 --lìn ê 個體隨人負責 in ê 工課，親像個體內底 ê 細胞 kâng 款，隨人負責無 kâng ê 工課，來維持狗蟻岫 ê 新陳代謝。

紅樹林

紅樹林是台灣西部海腳濕地 --lìn 真特殊 ê 一款生態，in 有適應海坪 ê 胎生栽仔、支持根 kiau 吸氣根 ê 特色。有幾 nā 種常在看 ê 蟳仔，沙馬仔目睭大大蕊目色 iā 真利，leh 走，緊 kah 像馬仔 kāng 款；海和尚有像球 hit 款 ê 殼，藍紫色 ê 外才 ná 和尚頭，tú-tiòh 危險就 sèh 鑽入去土沙 --lìn；公 ê 大栱仙有一支 koh 樣大 khian ê 蟳管，sio-phah ê 時 ē 比看 siáng ê 管 khah 大 khian siáng tō 贏。

Khōng-khiang-á

台灣目今有五款 khōng-khiang-á，大部分 tuà tī 海口 kap 紅樹林 ê 半鹹 tsiáⁿ 水域 hām làm 土埔，上捷看 ê 就是 khōng-khiang-á kap hue-thiàu hit 兩款。In ê 腹肚有一個魚翼演化做成 ê khip 盤，in ē-sái 用皮膚來喘氣，見 nā 身軀保持 tshî 潤，就 ē-tàng 離開水 khah 久，in ē-tàng 用魚翼 kā 身軀撐起來爬、用魚翼 ah-sī 魚尾叉來跳。

周俊廷 / Chiu Chùn-têng   文字、影像

獨立影像工作者、台語生態 chhōa 路蟲。中興大學昆蟲學系學士、東華大學海洋生物研究所碩士。Chù-sim leh 做兒童少年、普及科學、生態紀錄 ê 影像製作，kap 台語自然生態行踏 ê 教育 khang-khòe，借用無 kâng ê 媒介 kiau 角色，ín-chhōa koh-khah chē 人行入大自然、沈浸 tī 母語 ê 環境 --lìn。

周定邦 / Chiu Tēng-pang   歌詞

鹽分地帶台語文創作者。成功大學台灣文學研究所碩士。台灣說唱藝術工作室藝術總監。台文筆會理事。Kian-sim 用台語記錄 lán ê 歷史、地土，作品有歌á史詩、劇本、小說、詩 kiau 囡á歌。Phah-sǹg 盡一世人 ê 性命 chhui-sak 台語文化，beh hō 台語永遠 tī lán ê 土地 seⁿ-thòaⁿ。

鍾尚軒 / Chiong Siong-hian   作曲

國立台南藝術大學應用音樂系畢業，現職音樂工作者。高中 ê 時上大 ê 趣味 tō 是 tī Youtube 頂 koân chhiau-chhōe m̄-bat 聽過 ê 音樂，bô-gî-gō soah 行入音樂 chit 條路。Kah-ì 觀察生活 sì-khơ-liàn-tńg ê 聲音，試 māi 音樂 kap 無 kāng 傳播媒材 ê 結合。Chit-kái 有機會創作囡á歌，ná 寫 ná 想像囡á兄姝聽 tiòh chia 囡á歌 ê 反應，是真趣味 ê 經驗。

莊棨州 / Chng Khè-chiu   繪圖

自由工作者。臺灣大學昆蟲學系碩士，中山大學生物學系學士，專長是昆蟲生態、野生動物保育、特殊寵物照養。Kah-ì jīn-bat 草木鳥獸 ê 名，常在 tī 山林河海活動。意外展開插畫、設計 ê 路途，用圖文來 chiâⁿ-chò 生態保育推廣 ê 工具。

台灣動物來唱歌
Tâi-oân Tōng-bu̍t Lâi Chhiò-koa
台語生態童謠影音繪本 Tâi-gí Seng-thài Tông-iâu Iáⁿ-im Hōe-pún

總 策 劃　周俊廷／鍾吟真
台語顧問　周定邦

繪本

		專輯	
作　　者	周俊廷	製 作 人	鍾尚軒
歌　　詞	周定邦	統　　籌	鍾吟真
插　　畫	莊棨州	企　　劃	周俊廷
編　　輯	鍾吟真	歌　　詞	周定邦
美術設計	莊棨州	作　　曲	鍾尚軒

編　　曲　鍾尚軒（倒退牛、碰鏗仔）
　　　　　顧上揚（倒退牛、碰鏗仔）
　　　　　吳沛綾（Kit-le、七星蚼仔、田螺）
　　　　　張維倫（山貓、狗蟻、紅樹林）
演　　唱　江育達（Kit-le、田螺）
　　　　　涂薾勻（倒退牛、紅樹林、碰鏗仔）
　　　　　李季（七星蚼仔、山貓、狗蟻、紅樹林）
錄音後製　玉成戲院錄音室

影片

導　　演　周俊廷
製 作 人　鍾吟真
編　　劇　周俊廷
攝　　影　李學主／萬俊明／趙浩宇／鍾咏慶／李政璋／陳玉姍／周俊廷
剪　　接　周俊廷／周佳穎
動　　畫　林耕平
混　　音　鍾尚軒
影像授權　行政院農業委員會特有生物研究保育中心／觀察家生態顧問有限公司／
　　　　　苗栗縣環境教育推廣協會

出 版 者　前衛出版社
　　　　　104056 台北市中山區農安街 153 號 4F 之 3
　　　　　Tel：02-25865708　Fax：02-25863758
　　　　　e-mail：a4791@ms15.hinet.net
　　　　　http://www.avanguard.com.tw
出版總監　林文欽
法律顧問　南國春秋法律事務所
總 經 銷　紅螞蟻圖書有限公司
　　　　　台北市內湖區舊宗路二段 121 巷 19 號
　　　　　Tel：02-27953656　Fax：02-27954100
出版日期　2020 年 3 月初版一刷
　　　　　2021 年 7 月初版四刷

定價 1 書 1CD1DVD 新台幣 600 元

※「前衛本土網」http://www.avanguard.com.tw
※請上「前衛出版社」臉書專頁按讚，獲得更多書籍、活動資訊
https://www.facebook.com/AVANGUARDTaiwan/

ISRC	
Kit-le	TW-P01-20-538-01
七星蚼仔	TW-P01-20-538-02
倒退牛	TW-P01-20-538-03
田螺	TW-P01-20-538-04
山貓	TW-P01-20-538-05
狗蟻	TW-P01-20-538-06
紅樹林	TW-P01-20-538-07
碰鏗仔	TW-P01-20-538-08

掃描 QR Code 聽音樂看影片